Texas-Girl

Heiße Jungstute
Eingeritten bis der Sattel glänzt

Max Spanking

1. Kapitel
Die texanische Jungstute

Melissa schlenderte die Straße entlang. Sie hielt eine Tüte mit Fast Food in der Hand. Auf die eisgekühlte Cola freute sie sich besonders.

Die texanische Sonne knallte vom stahlblauen Himmel herab.

Trotz ihrer leichten Kleidung schwitzte Melissa. *Zuhause stelle ich mich unter den Rasensprenger*, dachte sie seufzend.

Die knapp 18-jährige war eine Vollbluttexanerin, aber die Sommer wurden selbst hier immer heißer.

Vor einem Monat waren sie und ihre Mutter von Grassman Corner im Hot-Mare-County hierher nach Travisville umgezogen.

Ihre Mutter hatte eine Stelle in der County-Verwaltung angenommen. Nun würde das Leben besser werden.

Obwohl ihre Mutter bislang nicht gerade viel verdient hatte, konnte sich Melissa nicht beklagen. Dennoch sah sie in der Kleinstadt bessere Möglichkeiten als weit draußen auf dem Land. Grassman Corner war ein verlorenes Hinterwäldlerkaff und würde es immer bleiben.

Und wenn sie wollte, konnte sie mit dem Wagen rausfahren.

Sie erreichte die von Bäumen gesäumte Alamo Street, wo sich ihr neues Zuhause befand.

Einfache Einfamilienhäuser aus Holz, die billiger waren, als sie aussahen, standen etwas zurückversetzt von der Straße. Bäume und gepflegte Blumenrabatte schufen ein respektables Vorstadtflair. Fast jedes Haus war mit einer Vorder- und Hinterveranda ausgestattet.

Melissa bog auf den sauber mit Steinplatten ausgelegten Weg ab. Die drei Stufen zur Veranda nahm sie mit langen Schritten und öffnete die Tür.

Ihre Mutter arbeitete und so hatte sie die ganze Bude für sich allein. Sommerferien! Herrlich.

Sie setzte sich in die gekühlte Wohnküche und aß den Burger mitsamt den Pommes. Da sie viel Sport machte, hatte sie sich zum Nachtisch einen großen Donut gegönnt.

Sie sah sich um. Noch immer kam ihr der große, dunkel getäfelte Raum fremd vor.

Die Küchenzeile war veraltet, aber das war Melissa von Grassman Corner gewohnt.

Beschissenes Redneck-Drecksloch!, dachte sie. *Ich bin froh, endlich in einer Stadt zu leben.*

Auch wenn sie eher klassische Klamotten wie Jeans und karierte Hemden trug, war sie ein Urban Girl.

Zumindest dachte ich das, bis die Zicken am Community College mir gezeigt haben, was für ein naives Landei ich in ihren Augen bin.

Melissa seufzte. Die anderen Weiber hatten alle einen Kerl, mit dem sie hemmungslos herumknutschten, allen voran die Cheerleader mit ihren Basket- und Baseballspielern.

Melissa seufzte erneut und ging nach oben, um sich zu duschen und frisch anzuziehen.

Danach legte sie sich hinter dem Haus in die Sonne.

***

Jack Owens lehnte sich an dem Stützbalken des Verandadachs. Er zog an seiner Zigarette und schob sich den weißen Stetson in den Nacken. Die Hitze war unglaublich, aber Jack liebte sie.

Sein Blick wanderte hinüber zum Nachbargrundstück.

Er erstarrte. Melissa Walker, die junge Nachbarin, lag in einem Liegestuhl und genoss die Sonne. Sie war zwar angezogen, aber ziemlich knapp.

Das konnte Jack erkennen, als sie aufstand und mit wiegenden Hüften ins Haus zurückging. Ihr rot-weiß kariertes Hemd war unterhalb der Titten zusammengeknotet und die Jeans-Hotpants bedeckten kaum ihre herrlichen Arschbacken.

Jack zog heftiger an seiner Zigarette.

Das ist vielleicht ein Feger! Ein richtiges Cowgirl. Eine texanische Prachtstute!

Sein Schwanz regte sich und drückte gegen die Hose. Das wurde auch nicht besser, als Melissa wieder erschien. Jetzt trug sie nur noch einen Bikini mit einem String. Rot.

Jack erinnerte sich an den Tag, an dem Melissa und ihre Mutter Melody eingezogen waren. Sie hatten sich ihm vorgestellt und er hatte sie zu einem Kaffee ins Haus gebeten.

Beide waren wirklich heiß, richtige Landeier zwar, aber er hatte kaum die Augen von ihnen lassen können. Vor allem von der jungen Melissa, auch wenn Melody eine richtige Milf war mit ihren knapp 38 Jahren.

Beide waren braun gebrannt und trugen ihre etwas mehr als schulterlangen Haare offen. Man sah ihnen an, dass sie bei jedem Wetter draußen waren.

Melissa war allerdings einfach unglaublich. Sie versprühte die Energie und Unverdorbenheit der Jugend. Und eine gewisse Unschuld. Ihre braunen Augen funkelten. Sie war weniger als eins sechzig groß, neben ihm sah sie beinahe klein aus.

Beide Frauen waren offen und herzlich auf ihn zugegangen und hatten sich als äußerst angenehme Nachbarinnen entpuppt.

Jack riss sich aus seinen Erinnerungen los und verschwand nach drinnen, ehe sie ihn bemerkte und als Spanner einstufte.

Aber er war immer noch hart. Ihr Body war geil und ihr Style auch. Melissa schien sehr oft diese Hotpants oder wenigstens schön enge Shorts zu tragen, aber diese Cowgirl-Outfits trug sie wohl am liebsten.

Und Jack machten sie offen gestanden heißer als die texanische Sonne. Wie oft hatte er in den letzten Wochen davon geträumt, sie über das Geländer seiner Veranda zu beugen und sie ordentlich durchzurammeln?

Jack vertrieb den geilen Gedanken. Melissa war knapp 18 und er 30 – Träumen brachte nichts.

2. Kapitel
Jung und unverdorben?

Der Tag darauf wurde noch heißer. Die Arbeit in der Garage war die reinste schweißtreibende Plackerei.

Kaum zu Hause stellte sich Jack unter die Dusche und freute sich auf sein kaltes *Budweiser*.

Doch als er seine offene Wohnküche betrat, fiel ihm die Kinnlade runter.

Am Tisch saß Melissa, als ob es das Normalste der Welt wäre.

„Wa-was machst du denn hier?", fragte er fassungslos.

„Mal sehen." Die junge Frau grinste herausfordernd. „Warum hast du mich gestern beobachtet?" Ihre braunen Augen funkelten amüsiert.

Scheiße, sie hat mich doch bemerkt. „Und wenn? Du bist nun mal heiß."

Melissas Augen blitzten belustigt auf. „Ich bin also heiß, ja?"

So ein abgefuckter Scheiß, fluchte er innerlich. *Na, was soll's? Angriff ist die beste Verteidigung.* „Ja, bist ein richtiger Schwanzmagnet, Süße." Er lehnte sich betont lässig an die Kücheninsel und zündete sich eine Marlboro an.

Melissa riss die Augen auf und lachte unvermittelt. „Ein Schwanzmagnet?"

„Naja …" Jack zwinkerte ihr zu. „Klingt vielleicht unromantisch, aber es stimmt."

Langsam stand die junge Frau auf und musterte ihn von Kopf bis Fuß. Und ihr gefiel offensichtlich, was sie sah. Ihre Zungenspitze schnellte über ihre Lippen.

Jack wusste, dass er nicht schlecht aussah. Nun, zumindest fit und durchtrainiert.

Melissa blieb stehen. Sie schien sich keinen Millimeter zu bewegen.

„Was ist?", fragte Jack verunsichert. Dieses Abschätzende in ihrem Blick irritierte ihn.

Melissa schwieg und grinste. Ein paar Augenblicke später tat sie ein paar Schritte und ging vor Jack auf die Knie.

Ihm fiel fast die Zigarette aus dem Mund. So forsch war selten eine Frau auf ihn zuge-kommen. Sie öffnete seine Hose und holte sein bestes Stück heraus. „Du siehst auch gut aus, Jack", entfuhr es ihr. Schon stülpten sich ihre Lippen um seine Männlichkeit und Melissa begann zu saugen.

Jack starrte entgeistert auf die Brünette herab und konnte ein erstes Stöhnen nicht unterdrücken.

Ihr hübscher Kopf ging langsam vor und zurück. Das Schmatzen erfüllte die Wohnküche.

„Wie kommst du eigentlich dazu, mir einfach so einen zu blasen?"

Melissa zog den Kopf zurück. „Spielt doch keine Rolle. Immerhin hast du mich beobachtet. Und du bist wirklich nicht der Hässlichste."

„Danke schön", grinste Jack, aber er war etwas irritiert. Er zog es vor, die Zügel selbst in der Hand zu halten.

Aber diesmal war es ihm egal. Eine junge, knackige Vollbluttexanerin kniete vor ihm und saugte ihn brav aus. Aus eigenem Antrieb.

Immer wieder warf sie ihm von unten herauf einen nuttigen Blick zu und grinste mit Jacks Schwanz im Mund. Gleichzeitig kraulte sie ihm die Eier und nach einer Weile kam es ihm. Er spritzte Melissa seine Ladung zwischen die süßen Lippen.

Die 18-jährige schluckte brav und lächelte verrucht. Dann stand sie auf und murmelte: „Danke, Jack."

Ohne ein weiteres Wort wandte sie sich um und verließ das Haus durch die Hintertür.

Jack blieb etwas verwirrt zurück. Die Kleine scheint auf mich zu stehen. *Aber beim nächsten Mal wird es anders laufen*, schwor er sich.

***

Was Jack nicht wusste: Auch Melissa war verwirrt. *Ich blase doch sonst nicht irgendwelchen Männern den Schwanz*, dachte sie. *Aber Jack sieht ja wirklich gut aus. Ein moderner Cowboy.*

Jack war kräftig und seine starke, männliche Präsenz zog sie an, das konnte sie nicht leugnen. Mit seinem Karohemd verkörperte er dasselbe ländliche Ideal wie sie. *Und der Stetson gehört ganz einfach auf seinen Kopf. Schließlich ist er Texaner.*

Melissa versuchte, ihre Gedanken zu ordnen, während sie über den gepflegten Rasen lief. *Warum wirft er mich so um? Ja, er sieht gut aus, aber ... er ist immerhin über 12 Jahre älter als ich!*

Aber der feste Blick seiner blauen Augen im sonnengebräunten Gesicht ging ihr nicht aus dem Sinn. Dennoch schämte sie sich für ihre offensive Art eben gerade. Sie war doch sonst kein Flittchen.

Melissa schüttelte den Kopf und beschloss, eine kalte Dusche zu nehmen. Das würde ihr guttun.

3. Kapitel
Das Geständnis des heißen Cowgirls

Jack steuerte seinen Pick-up, einen bulligen braunen Ford F-250, die Hauptstraße von Travisville entlang. Seit Melissas überraschendem Blowjob waren einige Tage vergangen und er hatte die junge Nachbarin seitdem nicht mehr gesehen.

Hat sie kalte Füße gekriegt, so rasch wie sie danach verschwunden ist? Verdammt schade.

Jack verzog die Lippen zu einem selbstironischen Grinsen. *Es ist ja nicht so, als ob die Girls vor dir flüchten, Jack. Aber Melissa ist ein besonderer Leckerbissen.*

Jack hatte gerade einem der Farmer draußen auf dem Land geholfen, seinen Truck wieder in Ordnung zu bringen und kehrte jetzt nach einem Zwischenstop beim Drugstore nach Hause zurück.

Da sah er sie die Straße entlangschlendern: *Melissa.*

Jack bremste etwas vor ihr und beugte sich zum Beifahrersitz hin, um das Fenster runterzulassen.

„Hey, Melissa, suchste ne Mitfahrgelegenheit?", rief er der Brünetten zu.

13

Diese sah sich nach ihm um und plötzlich übergoss flammende Röte ihr süßes Gesicht.

„Äh … Jack! Ja, gerne!" Sie stotterte leicht, kam aber gleich auf den Pick-up zu.

Jack öffnete die Tür und die junge Frau stieg ein. „Danke, Jack." Sie lächelte ihn strahlend an.

„Keine Ursache, Süße", erwiderte er, während er losfuhr. „Kommst du von der Schule? Ach nein, du gehst schon aufs College, oder?"

„Ja, das Travisville Community College."

„Aha." Jack bog ab. Er schwieg kurz, dann wechselte er das Thema „Es ist jetzt ein paar Tage her und ich habe nachgedacht. Ich würde gern wissen, was die Aktion letztens sollte?"

Melissa lief wieder rot an. „Ich bin ja sonst überhaupt nicht so … aber ich konnte einfach nicht widerstehen."

Nein, du bist nur ein schwanzgeiles Landei, das es wieder einmal richtig besorgt kriegen muss. Jack grinste in sich hinein. „Soso."

„Ja, ich…" Melissa wandte ihm ihr knallrotes Gesicht zu.

„Was?" Jack sah den kleinen von Bäumen und Büschen umsäumten Park links von ihnen und lenkte den Pick-up dorthin.

„Ich bin nicht so billig", insistierte sie.

„So?" Jack parkte im Schutz einiger Bäume und wandte sich ihr zu. „Ich glaube, du bist genau das: Ein Landei, das jede Gelegenheit wahrnimmt, sich die Fotze von einem Redneck-Hengst stopfen zu lassen." Er lachte derb.

Melissa starrte ihn an, die braunen Augen aufgerissen.

„Und ich ziehe es vor, die Stute an der Kandare zu halten", fügte er trocken hinzu.

„Wie bitte?" Melissa runzelte die Stirn. „Außerdem bin ich noch Jungfrau."

„Ich sage den Frauen gerne, was ..." Jack brach ab und starrte sie fassungslos an. „Du bist noch Jungfrau?"

„Ja." Melissa senkte den Kopf.

„Ich kann es kaum glauben", murmelte er. „So eine scharfe Braut wird doch normalerweise vom erstbesten Kerl ins Heu gezogen. Und das meine ich nicht despektierlich."

„Vielleicht. Aber Grassman Corner ist wirklich ein verrottetes Hillbillykaff. Da war nichts Brauchbares zum Vögeln."

„Aha." Jack grinste.

„Und was meintest du damit, dass du den Frauen gerne sagst, was sie tun sollen?" Melissa hatte sich gefangen und musterte ihn offen.

„Naja, ich fordere sie lieber auf, mir einen zu blasen, als dass ich sie einfach so an meinen Schwanz lasse, verstehst du."

„Achso." Melissa sah ihn weiter an. Ihre Zungenspitze glitt über ihre vollen, verführerischen Lippen.

„So ist es." Jack ließ die junge Frau keine Sekunde aus den Augen. *Ich will diese knackige Texanerstute! Und ich kriege sie und werde sie ordentlich einreiten...* Sein Schwanz wurde bei dem Gedanken noch härter, als er ohnehin schon war.

Melissa schien zu überlegen, aber auch Jack zögerte. *Ist es noch zu früh?* Er gab sich einen Ruck.

„Blas mir einen!", befahl er ihr.

„Was?", keuchte das heiße Cowgirl.

„Klar! Hast du mit etwas anderem gerechnet? Jetzt blas mich! Und schön schlucken, Süße." Er sah sie fest an.

Die Brünette begegnete seinem Blick und zuckte die Schultern. Sie beugte sich zu ihm herüber und öffnete seine Jeans.

Schon legten sich ihre zarten Lippen um sein bestes Stück und Jack stöhnte erleichtert auf.

Während der letzten Tage hatte er von nichts anderem mehr geträumt. Außer vielleicht von einem harten, wilden Ritt mit diesem jungen Ding.

Ihr Knackarsch muss unfassbar eng sein! Jack bockte in Melissas Rachen. Seine Hand auf ihrem Hinterkopf hielt sie unten.

Die Brünette keuchte. Jack zerzauste ihre Frisur.

Speichel rann ihr aus dem Mund und befeuchtete seine vor Härte schmerzende Männlichkeit.

„So ist es richtig, Süße. Ich werde dich auch ficken. Ein anderes Mal. Dann werde ich dir zeigen, wie man mit einer Jungstute wie dir umgeht."

Von Melissa kam nur ein ersticktes Gurgeln. Jack bildete sich ein, dass seine Eichel ihre Mandeln kitzelte. Er drückte den Kopf seiner Bläserin tiefer auf seinen Liebespfahl.

Melissa würgte und ihre zuckende Kehle stimulierte Jack noch mehr. Er griff in Melissas Haare und hielt sie so fest, bis sie nach Atem rang.

Ein geiler Deepthroat.

Dann zog er sie hoch. Melissas Augen tränten, aber ein mutwilliges Grinsen spielte um die Mundwinkel der Schlampe.

Seiner Schlampe. Jack drückte sein neues Spielzeug wieder runter.

Diesmal führte er sie. Ihr Kopf ging hoch und runter.

Das Schmatzen klang laut in der Kabine.

Nass umschmeichelte die herrliche Maulfotze die harte Stange.

Jack legte den Kopf zurück und stöhnte ungehemmt.

Endlich schoss er Melissa seine Ladung in die Kehle.

Langsam richtete sie sich auf, ganz rot im Gesicht und mit zerzausten Haaren.

„Du kannst gut blasen", lobte er sie. „Nächstes Mal kommst auch du auf deine Kosten." Er tätschelte ihren nackten Oberschenkel.

Melissa grinste. Im Mundwinkel klebte ihr etwas Sperma.

„So, verschwinden wir nach Hause." Jack ließ den Motor an.

„Okay."

Sie schwiegen, bis Jack in seine Einfahrt abbog.

„Hast du das vorhin ernst gemeint?", fragte sie.

„Was denn?"

„Dass du mich ficken wirst." Das *Wirst* sprach sie allerdings aus, als wäre es ihrerseits schon beschlossene Sache.

„Ja." Jack beugte sich zu ihr hinüber und küsste sie.

„Einfach so?“
„Genau. Ich zeige dir, wie das läuft, Süße.“

4. Kapitel
Die Jungstute wird eingeritten

Sein Handy klingelte. Jack trat rasch aus der Garage, in welcher er mit einem Kumpel an einem rostigen Pick-up werkelte.

„Owens.“

„Hi, Jack, hier ist Melissa!“, trällerte es ihm entgegen.

„Hi.“

„Nächsten Samstag schon was vor?“, wollte sie wissen.

„Nee, wieso?“ Jack sprach so gelassen er konnte, aber das Blut schoss südwärts.

„Na ja, meine Mum ist dann unterwegs. Auf nem Orientierungskongress ihres Ressorts auf Staatsebene oder so. Voll öde.“

„Dann komm zu mir und wir verbringen den Tag gemeinsam.“

„Wa-warum nicht?“ Melissas Stimme zitterte plötzlich. „Was hast du vor?“

„Wir könnten rausfahren und ein Picknick machen.“

„Klingt nett.“

„Schön.“ Jack hatte Mühe, sich seine Aufregung nicht anmerken zu lassen. „Komm mittags einfach rüber.“

„Okay, bis dann. Ich freue mich." Sie unterbrach die Verbindung.

„Ich mich auch, Süße, ich mich auch", murmelte er vor sich hin. *Ich kann es kaum erwarten, dich zu vögeln.*

Er kehrte an die Arbeit zurück.

***

Es blieb heiß. Auch der Samstag versprach herrliches Wetter. Jack hatte kalten Braten, Reissalat, Chips und allerhand andere Leckereien eingepackt.

Melissa kam kurz vor 12 mit einem Korb die Einfahrt hoch. „Hi." Sie begrüßte Jack mit einem Küsschen auf die Wange. „Ich hab noch zwei Salate gemacht. Ich wollte auch was beisteuern."

„Sehr schön, danke Süße. Wollen wir gleich los?"

„Klar."

Sie verließen die Stadt und folgten einer Überlandstraße. Die Landschaft links und rechts davon war flach und eintönig.

Im Nordwesten erhob sich eine steile Hügelkette. Die Straße schlängelte sich südlich daran vorbei.

Im Schutz der Westflanke fand sich ein Waldstück, beinahe eine Oase in der trockenen, texanischen Weite.

Dorthin lenkte Jack den Wagen. Ein kurzer Weg führte in die Mitte des Wäldchens. Hier lag eine grasige Lichtung mit einem kleinen Bach.

„So schön grün!", rief Melissa aus.

„Ja, ein spezieller Ort", stimmte Jack zu.

Jack ließ den Pick-up neben einem größeren Stein ausrollen. Sie stiegen aus und Jack breitete die Decke aus.

Inmitten der Natur futterten sie sich durch die mitgebrachten Leckereien. Nach einem abschließenden Kaffee aus der Thermoskanne blieben sie so sitzen und ließen sich von der Sonne bescheinen.

„Komm." Jack gab sich einen Ruck, stand auf und reichte Melissa die Hand.

„Was?"

„Du bist fällig! Aber so was von, Süße." Jack grinste.

Er führte sie zum Wagen. Da die Kühlerhaube etwas höher war, stieg Melissa auf den Stein daneben.

Jack stellte sich hinter sie und legte ihr eine Hand auf die Schulter. Sanft, aber unnachgiebig drückte er Melissa nach vorne.

Was für ein heißer Anblick!

Jacks Schwanz protestierte schmerzhaft gegen die Enge in der Hose. Rasch öffnete er sie und gab seinem Lustspender mehr Freiheit.

Aber dann wurden seine Hände von dem wundervollem Body da vor ihm angezogen.

Melissa zitterte schon vor Erwartung und als er sie endlich berührte, stöhnte sie leise auf.

Langsam strich er mit seinen Händen an den Innenseiten ihrer Beine entlang nach oben. Als er an ihren Oberschenkeln ankam und sich ihrer Muschi näherte, spürte er, wie sie immer stärker zitterte. Vorsichtig ließ er seine Hand zwischen ihre Beine gleiten. Dabei schloss sie jedoch ihre Beine, so dass er nicht richtig dazwischen greifen konnte. Da sie jedoch nach vorne gebeugt dastand, kam er immer noch an ihre gewölbte Muschi heran. Zärtlich streichelte er über ihre immer noch von den Hotpants bedeckten Schamlippen.

Sie zuckte zusammen, als sie spürte, wie Jack sie dort streichelte. „Das fühlt sich gut an. Wirklich gut."

„Jaaah", murmelte sie und drückte sich ihm entgegen.

„Verdammt, diese geilen Rundungen verdrehen wirklich jedem Kerl den Kopf", stellte Jack fest, während er ihren knackigen Hintern streichelte. Dann griff er nach vorne und öffnete mit einer Hand den Hosenknopf.

„Die Kerle sabbern, das stimmt. Und in der Schule muss ich mich vor Spannern und Smartphone-Kameras in Acht nehmen." Melissas Atem ging schwerer.

Jack entgegnete nichts darauf, sondern ließ seine Hände gemächlich unter den Bund ihrer Hotpants gleiten. Dann schob er diese bedächtig über ihren knackigen Hintern. Dabei kam ihr hübscher roter String in Sicht.

Der Faden verschwand in der engen Spalte und Jacks Prügel zuckte vor Geilheit. Der Anblick ihrer bloßen Pobacken trieben Jack den Schweiß auf die Stirn.

Bei dem Gedanken, gleich ihr Höschen herunter zu ziehen und dann ihre nackte, jungfräuliche Muschi zu sehen, schwoll sein Schwanz immer mehr an.

Jack konnte nicht anders: Er musste sich wichsen! Die andere Hand streichelte weiter Melissas junge Möse.

Als sein Schwanz steinhart war, kümmerte sich Jack wieder mit beiden Händen um die heiße Fickstute vor ihm.

Zärtlich streichelte er ihr über ihren Hintern und immer wieder über ihre geile Muschi.

Langsam wurde sie feucht. Melissas Beine zitterten und sie knickte immer wieder ein.

„Du hast einen wunderbaren Körper und ich zeig dir nun, was man damit so alles machen kann", versprach ihr Jack leise. Er umschlang ihre schmale Taille und streichelte langsam über ihren Bauch und näherte mich dabei immer wieder ihrer Muschi. Melissa spreizte die Schenkel, soweit es ihr bei diesem unsicheren Stand eben möglich war.

Er zog ihr das Höschen bis zu den Knöcheln herunter. Melissa wartete brav. Jack ließ sich Zeit. Seine Süße sollte diesen besonderen Moment bis zur letzten Sekunde auskosten. Als der String dann auf dem Boden lag, nahm er abwechselnd ein Bein nach dem anderen hoch und zog ihr das Höschen ganz aus.

Die kahle Muschi wartete auf ihn.

Jack konnte trotzdem nicht gleich loslegen, er *musste* mit dem süßen Arsch spielen. Fest gruben sich seine Finger in die weiche Fülle. Dann ließ er ein paar Hiebe mit der flachen Hand folgen.

Melissa stöhnte überrascht auf, entzog sich ihm aber nicht. „Perfekt für die Dressur, du wirst schon noch sehen, Süße!", schmunzelte Jack. Seine Finger glitten jetzt zwischen ihre bebenden Schenkel.

Dadurch fiel sein Blick wieder auf ihre hübsche, kahle Muschi. Er spürte noch nicht mal Stoppeln. Ihre Schamlippen wölbten sich hübsch zwischen ihren Beinen hervor, nur durch ihre kleine Spalte unterbrochen.

Aber nur mit Streicheln war es nicht getan. Jack wollte mehr. Zum Glück war auf dem flachen Stein Platz genug, so konnte er sich hinter sie knien. Er streckte die Zunge heraus und begann, sie zu lecken.

Er verliebte sich augenblicklich in den süß-herben Geschmack ihrer so unschuldigen Muschi. Der Liebesnektar brachte seinen Schwanz zum Zucken und seine Synapsen zum Glühen.

„Jaaah, jaaah!", flehte sie. Ihre Spalte wurde immer nasser und Melissa drückte sie Jack immer fordernder ins Gesicht.

So langsam wurde der Geschmack ihrer Muschisäfte immer intensiver. Also griff Jack mit beiden Händen an ihre Muschi und zog ihre Spalte weit auseinander. Jetzt erblickte er auch ihre inneren Schamlippen: feuchtglänzend, mit der kleinen Perle an der Spitze und ihr jungfräuliches Muschiloch. Als er mit seiner Zunge ihre süße Spalte berührte, winselte sie geil auf und ihre Knie zitterten.

„Bitte, bitte, mach weiter!", winselte Melissa und keuchte.

„Mein kleines Fohlen ist wohl heiß auf den ersten Ritt?", fragte Jack spöttisch, ehe er seine Zunge in den nassen Kelch schob.

„Jaaah, ich möchte keine Jungfrau mehr sein", hechelte Melissa.

Jack erhob sich wieder.

Es sah echt toll aus, wie sie da auf der Kühlerhaube lag. Jack holte sein Smartphone heraus und machte ein paar Fotos.

Ihr kleiner, knackiger Hintern und ihre feuchte Muschi waren auf genau der richtigen Höhe für einen Fick.

Er trat von hinten an sie heran und streichelte mit den Fingern durch ihre unbehaarte Mösenspalte. Dabei massierte er zärtlich ihren harten Kitzler. Jack spürte, wie sie bei dieser Berührung zusammen zuckte.

„Du berührst dich wohl nicht oft so, was?", fragte er herausfordernd.

„Nein", sagte sie weinerlich. „Fick mich jetzt bitte!"

„Noch nicht. Zuerst möchte ich dich noch ein wenig vorbereiten." Jack lachte in sich hinein. Sie sollte noch ein wenig winseln, ehe er sie nahm. Vorsichtig ließ er einen Finger tief durch ihre feuchte Spalte gleiten. Dann erreichte er ihr jungfräuliches Fickloch. Als sein Finger dort ankam, massierte er die enge Höhle besonders gründlich. Dabei wurde sie immer feuchter.

Melissas geiles Winseln war Musik in Jacks Ohren.

Langsam erhöhte er den Druck seines Fingers auf ihr kleines Loch und ließ ihn ein klein wenig eindringen.

Sofort verkrampfte sich ihre eh schon enge Möse noch weiter.

„Ruhig, locker bleiben."

„Ich weiß, ich habe auch keine Angst oder so, aber ... ich bin geil, verdammt!", keuchte die Brünette und stieß mit dem Arsch nach hinten. „Fick mich, verflucht!"

„Entspann dich, zuerst will ich dich ein wenig vorbereiten, ist schließlich dein erstes Mal."

Sie versuchte nun tatsächlich, etwas lockerer zu werden. Jack konnte seinen Finger jetzt wieder etwas in ihrer Muschi bewegen. Langsam und vorsichtig drang er weiter in ihren Körper vor. Dabei entdeckte er endlich das empfindliche Jungfernhäutchen. Sie hatte die Wahrheit gesagt. *Obwohl sie schon 18 ist, ist sie noch ungefickt. Wahnsinn!*

Als Jack seinen Finger in ihr hin und her bewegte, konnte er ein leichtes Stöhnen von ihr hören.

„Na, das macht Spaß, nicht wahr?"

„Bitte fick mich! Ich halte es nicht mehr aus!", jammerte sie wieder. „Ich will endlich wissen, wie es ist, einen Schwanz in meiner geilen Fotze zu haben!"

Während sein Finger in ihrer engen Muschihöhle steckte, massierte er mit der anderen Hand seinen Schwanz, bis er noch härter war als ohnehin schon. Dann zog er seinen Finger aus ihrer Spalte heraus. Jack konnte in dem nun offenen Löchlein ihr Jungfernhäutchen erkennen.

Wie geil!, freute er sich, *da stecke ich gleich meinen Schwanz rein. Dann war es das mit der Jungfrau.* Er konnte sein Glück immer noch nicht fassen. Die Jungstute war bereit, eingeritten zu werden.

Nachdem er noch schnell ein Foto von der offenen, aber noch ungefickten Fotze des Cowgirls gemacht hatte, schob Jack seine Hose ganz runter.

Steinhart und doch federnd wippte sein bestes Stück auf und ab und konnte es kaum erwarten, in die Möse einzufahren.

Jack trat ganz nah hinter sie und ließ seinen Schwanz über ihre kleine Spalte gleiten bis nach vorne zur Klit.

Da Melissa kaum Erfahrung hatte, ließ selbst dieser leichte Reiz sie aufstöhnen. Dann drückte seine Eichel gegen den noch unerforschten Eingang.

Seine Schwanzspitze drückte bereits die nassen Schamlippen auseinander. Als Jack den Durchmesser ihrer Fotze mit dem Durchmesser seines dicken Schwanzes verglich, wusste er, dass es gleich verdammt eng werden würde.

Schmerzfrei wird es jedenfalls nicht ganz werden. Er verspürte etwas Mitleid, andererseits musste jede Frau einmal da durch und es war ein wichtiger Moment in ihrem Leben.

Jack drückte noch etwas mehr zu und seine Schwanzspitze bohrte sich langsam in die enge Höhle hinein. Immer tiefer. Ihre wulstigen, sauber gewaxten Muschihügel wurden dabei einfach zur Seite gedrückt. Richtig pornös.

„Was ist?“

„Alles gut. Ich werde dich nun einreiten, mein kleines Fohlen“, entgegnete er mit einem geilen Zittern in seiner Stimme. „Ordentlich einreiten. Das sind deine letzten Augenblicke als Jungstute, Süße.“

„Ja, mach!“, forderte sie ihn auf. „Ich bin so geil, wie ich es noch nie gewesen bin. Aber pass auf. Ich weiß, dass es wehtun wird.“

„Ja, das wird es wohl gleich“, bestätigte Jack, als er mit seinem Schwanz bis zu ihrem Jungfernhäutchen vorgedrungen war. „Tief einatmen.“

„Verdammt ich kann es nicht glauben, dass ich dich jetzt gleich einreite“, meinte Jack versonnen. Es bereitete ihm ein geradezu teuflisches Vergnügen, den definitiven Moment der Defloration hinauszuzögern. „Mein Schwanz wird der erste in deiner Fotze sein. Der erste für alle Zeiten!“

Bei diesen Worten zuckte sein Fickprügel.

„Mach schon!“ Melissa bockte ihm ungeduldig entgegen.

„Okay.“ Jack erhöhte mit einem genussvollen Aufstöhnen den Druck auf seinen Schwanz und mit einem kräftigen Stoß zerriss er ihr Jungfernhäutchen.

Sie schrie vor Schmerz laut auf, als er immer tiefer in ihre enge Teenagermuschi eindrang.

Sofort stoppte Jack und ließ ihr Zeit, um zu verschnaufen.

Dann fuhr er fort und versenkte seinen Liebespfahl bis zum Anschlag in ihr.

„Auuu, fuck!“, jammerte sie und stützte sich auf der Kühlerhaube des Pick-ups ab.

Jack zog zurück, bis sie zu zittern aufhörte und versenkte sich dann ein weiteres Mal.

„Ooohjaaah", stöhnte Jack, als das weiche Fleisch sein bestes Stück umschmeichelte und es fordernd umklammerte.

Er drang mit seinem Schwanz so tief in sie ein, bis seine Eichel den Muttermund erreichte. Dann zog er sich wieder zurück.

Melissa stöhnte ungehemmt und ihr Knackarsch drückte sich Jack weiter entgegen.

Jacks Schwanz war mit einer dünnen Blutschicht überzogen. Als er ihn ganz aus ihrer Muschi herausgezogen hatte, floss auch etwas Blut aus ihrer engen Fotze. Jack setzte aber sogleich seinen Schwanz wieder an ihrem zuckenden Loch an und drang dann mit einem Mal wieder tief in ihren Körper ein.

Wieder stöhnte Jack auf, als er spürte, wie ihre enge Muschi seinen dicken Schwanz von allen Seiten umschloss und kräftig massierte. So etwas hatte er noch nie gefühlt. Genauer gesagt war Melissa die erste Jungfrau, die er deflorierte. Beim Eindringen in ihre Höhle massierte ihr enger Eingang seine Schwanz-spitze so sehr, dass der Druck in seinen Eiern immer mehr und schneller anwuchs.

„Uff! Das tut immer noch weh!", jammerte sie, als Jack erneut in sie eindrang.

Er hielt sich daraufhin etwas zurück und fuhr ihr durch die braunen Haare, die jetzt ziemlich durcheinander waren. „Jetzt wird mein kleines Fohlen richtig zugeritten", sagte er und lachte leise.

Er bewegte sich vorsichtiger und stöhnte laut auf.

Nun entspannte sich Melissa langsam und der Schmerz wurde nach und nach durch die Lust verdrängt.

Sie warf den Kopf hin und her, stöhnte immer lauter und näherte sich einem ersten Orgasmus.

Jetzt intensivierte Jack seine Stöße. Er hielt Melissa in der Taille und drang unablässig tief in sie ein.

Jack hielt sich nur so lange zurück, bis sie endlich kam. Dann rammelte er sie weiter und mit mehr Nachdruck durch. Nach einigen Augenblicken spritzte er mit einem lauten Aufstöhnen sein heißes Sperma in ihren jungen Körper ab. Mit jedem neuen Zustoßen schoss er eine neue Ladung Sperma in ihre frisch entjungferte Muschi. Ihr schlanker Körper zuckte jedes Mal zusammen, wenn sie spürte, dass er weiter Sperma in ihre Gebärmutter hineinpumpte.

Als dann nichts mehr aus seinem Schwanz kam und sie ermattet auf der Kühlerhaube lag, blieb er noch kurz in ihr drin.

Jack genoss das Gefühl, mit seinem Schwanz in einem so engen und jungen Körper zu stecken. Einem hübschen Teenybody, den er gerade entjungfert hatte. Als er dann seinen Prügel aus ihr herauszog, war dieser mit einer Mischung aus Muschisaft, Jungfrauenblut und Sperma verschmiert. Langsam floss noch etwas von ihrem Blut und jede Menge von seinem Sperma aus ihr heraus.

Immer noch außer Atem drehte sich Melissa herum und stieg vom Stein herunter.

Einige Tropfen Blut rannen an ihren Schenkeln herab.

„Uh, war das heftig", murmelte sie und setzte sich auf das Trittbrett des Ford.

Jack ließ sich auf den großen Stein sinken. „Ja, deine enge Muschi hat mir echt den Rest gegeben." Er grinste.

„Eine Frau ... wirklich eine Frau." Melissa klang, als könne sie es nicht glauben.

„Ganz genau." Ein warmes Kribbeln breitete sich in Jacks Körper aus. *Ich habe die kleine Stute echt als Erster geritten.* Auf eine gewisse Weise würde sie ihm immer gehören. „Süße, es war fantastisch."

Melissas braune Augen leuchteten auf.

„Komm, lass uns eine Runde spazieren gehen", schlug Jack vor.

„Ja, gerne." Melissa streckte ihm die Hand entgegen und ließ sich hochziehen.

Jack schloss den Wagen ab und dann machten sie sich auf. Melissa wusch sich am Bach das Blut von den Schenkeln. Das Waldstück war wirklich klein und sie hatten es bald durchquert. Keine Menschenseele außer ihnen war hier. Nach Westen hatten sie einen weiten Blick auf das flache Land.

„Schön hier", meinte Melissa lächelnd. „Ich bin so froh, dass meine Mum und ich hergezogen sind. Ich sage dir, unser Dorf war so ein Inzestkaff wie aus den Horrorfilmen – ach was, eigentlich gehört das gesamte Hot-Mare-County dazu!"

Jack lachte laut auf. „Ja, diese Löcher gibt es im ganzen Süden – und in den Appalachen."

Melissa fiel in sein Lachen ein und lehnte sich an ihn. So spazierten sie weiter und drehten Runde um Runde im Wäldchen.

5. Kapitel
Die Dressur der Jungstute

Das Licht der Abendsonne fiel golden auf die Vorstadthäuschen. Melissa und Jack waren von ihrem Ausflug zurückgekehrt.

Jack schleppte den Grill nach draußen und warf ihn an. Danach holte er zwei Flaschen Bier aus dem Kühlschrank. Eine der Flaschen reichte er Melissa und beobachtete, wie sie die Flasche ansetzte. Ihre zarten Lippen berührten die Flaschenöffnung. Das Kondenswasser perlte.

Wie in der Werbung, dachte Jack und sein Schwanz wurde erneut hart. Wenige Stunden war es erst her, dass er die Fickstute entjungfert hatte.

Er beobachtete, wie Melissa schluckte. *Prickelnd*. Jack lehnte sich an einen Pfosten und zündete sich eine Marlboro an.

Mit einem erleichterten Aufseufzen setzte die Brünette die Flasche ab.

Jack grinste und blies den Rauch aus.

„Jack ...“ Melissa wandte sich ihm zu. „Danke. Das war ein fantastisches Erlebnis.“

Er zwinkerte ihr zu. „Das ist noch nicht alles. Ich habe noch das eine oder andere in petto. Ich werde dir zeigen, wie man mit so einem heißen Texasstütchen richtig umgeht.“

„Ah?“ Melissa hob eine Augenbraue.

„Ja, sie brauchen eine strenge Erziehung. Schön in Verbindung mit unseren Traditionen. *Southern Education* heißt das Zauberwort.“

Täusche ich mich oder gefällt ihr der Gedanke daran? Jack nahm einen tiefen Zug.

Melissa erschauerte und ihre Schenkel pressten sich zusammen. *Kribbelt das Möschen?* Jack schmunzelte.

Er drückte seine Zigarette aus, stieß sich vom Pfosten ab und trat nahe an Melissa heran. „Es war eine wundervolle Erfahrung und ich glaube, der Rest wird dir auch gefallen.“

„Ach wirklich?“ Sie schmiegte sich an ihn.

„Ja.“ Jack drückte sie kurz an sich und begab sich dann zum Grill. Konzentriert legte er die Steaks drauf und kümmerte sich die nächsten Minuten nur darum.

Melissa stand einige Schritte hinter ihm und nippte immer wieder an ihrem Bier.

Jack wendete die Steaks. Der leckere Geruch des gebratenen Fleisches breitete sich aus. So friedlich und einfach konnte ein Abend in Texas sein.

„Hol doch bitte noch die Chips raus“, bat er Melissa, die sofort ins Haus eilte und mit der Tüte zurückkehrte.

Sie nahm auch die Reste vom Picknick mit raus und rasch war auf dem Tisch auf der hinteren Veranda ein herzhaftes Mahl aufgetischt. Jack brachte die Steaks und dann ließen sie sich in die massiven Adirondack-Holzstühle sinken.

„Fuck, Mann, ich liebe Texas!", seufzte Jack, als er sich zurücklehnte. Er drehte den Kopf und begegnete Melissas Lächeln.

Es war träge, aber voller Verheißung. Diese Stute würde er noch oft reiten, das war Jack klar. Er wusste auch, dass er ihr viel zu bieten hatte und sie hatte Blut geleckt. Jack sah die Neugier in ihren Augen.

Sie köpften noch ein Bier.

Jack konnte es kaum erwarten, Melissa nachher nach drinnen zu führen und sie ein weiteres Mal zu zähmen. Er spürte, wie das Blut erneut zwischen seine Beine schoss, besonders, als er an die Gerte im Kleiderschrank dachte.

Sie wird es genießen!

Er griff hinüber und tätschelte Melissas gebräunten Oberschenkel. Die kurzen Jeans-Hotpants betonten die herrliche Länge der straffen Schenkel.

Ich freue mich auf ihren gestriemten Body.

„Das wird geil, Süße."

Melissa lächelte ihn strahlend an.

Die Sonne sank und es begann zu dämmern. Jack winkte die Brünette näher und zog sie auf seinen Schoß. Sofort drückte seine Latte gegen den Knackarsch der Süßen.

Natürlich bemerkte sie das und rutschte aufreizend hin und her. „Kannst es kaum abwarten, was Jack?", wisperte Melissa, einen rauchigen, verführerischen Klang in ihrer Stimme.

„Ja, ist nur die Frage, ob du die Behandlung auch aushalten wirst, die ich dir zukommen lassen werde."

Melissa zuckte zusammen, aber ihrem gelassenen *Ach ja?* konnte man keine Regung entnehmen.

„Ja." Jack griff nach vorne und massierte durch das karierte Hemd ihre mittelgroßen Titten.

Melissa lehnte sich aufstöhnend zurück.

Jack knetete die herrliche Fülle und spielte mit den Spitzen, sie sich sofort verhärteten.

„Uuuh, soll das der Auftakt zu einem wilden Ritt werden, Cowboy?", gurrte die Brünette und drückte sich an ihn.

„Ja, tatsächlich, meine süße Stute." Jack küsste sie in den Nacken. „Die Dressur erfolgt später." Er ließ die Fingerkuppen um die

Kirschsteinchen kreisen. Er lauschte Melissas immer lauter werdendem Stöhnen, als sie sich immer wilder auf seinem Schoß rekelte.

Jack drückte sie an sich und küsste ihren Nacken.

„Komm, lass uns reingehen", murmelte er schließlich und schob Melissa von seinem Schoß. Er führte sie nach drinnen direkt in sein Schlafzimmer.

Melissa setzte sich, nackt wie sie war, aufs Bett und sah ihn an.

Er zwinkerte ihr zu und ging mit schwerem Schritten zum Kleiderschrank, wo er seine Gerte aufbewahrte.

Als er sie hervorholte und ein erstes Mal durch die Luft pfeifen ließ, zuckte Melissa zusammen. Grinsend kam Jack zum Bett zurück und drückte ihr das biegsame Züchtigungsinstrument in die Hand. „Hier, sieh es dir zumindest mal an, Süße", brummte er und baute sich breitbeinig vor ihr auf.

Zögernd ließ die junge Frau das Gerät durch die Finger gleiten und Jack registrierte zufrieden, wie sie wohlig erschauerte.

Perfekt! Wie ich es mir dachte. Wir werden viel Spaß miteinander haben.

Er winkte ihr, aufzustehen und zog sie für einen langen Kuss an sich.

„Entspann dich. Wenn es zu arg wird, breche ich ab. Das versteht sich von selbst", flüsterte er.

„Okay."

Er drehte sie herum und beugte sie nach vorne. Melissa ließ es ganz locker mit sich geschehen.

Zärtlich streichelte er mit einer Hand über die angenehme Rundung ihres kleinen Hinterns und dann weiter über ihren schmalen Rücken. Dabei fasste er, als er auf Höhe ihrer Brüste kam, nach unten und knetete die festen Wölbungen. Als er ihre Nippel nicht gerade zimperlich zwirbelte, zuckte sie zusammen. „Uuuh, oooh!", stöhnte sie, zwischen leichtem Schmerz und beginnender Geilheit hin- und hergerissen.

Jack machte ungerührt weiter.

Er stellte sich neben sie und betrachtete sie hingerissen: die schlanken, durchgestreckten Beine, der nach hinten herausgestreckte Knackarsch, der durchgebogene Rücken und die verführerisch baumelnden Titten. Das war wahrhaft ein Bild für die Götter.

Melissa protestierte nicht, als er mit dem Smartphone einige Bilder schoss.

Danach trat er wieder hinter sie und knetete ihre Titten. Seine Latte drückte dabei gegen ihren herrlichen Arsch und wurde noch härter.

Jack stöhnte ungehemmt auf. Dann beugte er sich wieder vor und knetete ihre Möpse mit deutlich mehr Nachdruck.

„Jaaah!", stöhnte Melissa und ihr Arsch drängte sich ihm fordernd entgegen.

Es zog in seinen Eiern und Jack hätte es nicht gewundert, wenn sie vor Erregung geplatzt wären.

Mit beiden Händen knetete er das feste Fleisch ihrer Titten. Es waren nicht die ersten Möpse in seinem Leben, aber definitiv die geilsten.

Jack keuchte. Sein Schwanz schob sich zwischen Melissas Schenkel, eine kleine Erleichterung, aber allzu lange konnte er nicht mehr warten.

Er richtete sich wieder auf und ließ seine Hände über ihren nackten Rücken gleiten. Als er ihren Hintern erreichte, schob er seine Finger in die Spalte und hinab zur wartenden Möse.

Melissa zuckte zusammen und stöhnte. Ihr Atem flog, als er sie zärtlich und gekonnt fingerte. Ihr Körper wechselte zwischen Anspannung und Entspannung hin und her. Nach einer Weile keuchte die Brünette unüberhörbar in die Matratze.

„Bereit, Süße?", fragte Jack mit ruhiger Stimme. „Jetzt wird's härter."

„Ja", antwortete sie, auch wenn Unsicherheit in dem Wort mitschwang.

Jack trat etwas zurück und griff nach der Gerte. Er wog sie einige Augenblicke in der Hand, um wieder das Gefühl für sie zu erhalten. Dann legte er sie an Melissas Arsch an und holte aus.

Ein scharfes *Ssst!* war zu hören, dann traf das Ende auf die festen Backen der jungen Frau, die schmerzlich aufstöhnte. Ihre Beine knickten kurz ein, aber dann reckte sie schon wieder den Hintern der Gerte entgegen.

„Schön ruhig stehen bleiben", ermahnte er sie. Um seinen Worten Nachdruck zu verleihen, schlug er mehrmals mit der Gerte leicht auf ihren Rücken und ihren knackigen Fickarsch.

Den knöpfe ich mir auch noch vor, aber nicht heute. Sie hatte heute bereits ihr erstes Mal.

Als Nächstes packte er das Girl von hinten um ihre schmale Taille und stellte sie wieder ordentlich hin.

Die Gerte pfiff wieder einige Male und von Melissa mit ebenso schmerzlichem, wie geilem Winseln beantwortet.

Schon wollte sie wieder in die Knie sinken, als Jack ihr auch schon einen sanften Schlag zwischen die Beine direkt auf ihre zarte Muschi verpasste. Sie schrie vor Schmerz auf und blieb dann aber stehen.

„Schon besser", lobte er sie. „Ich will dich nicht verletzen – nur disziplinieren, mein geiles Pferdchen." Schon wollte er wieder nach dem Züchtigungsinstrument greifen, als ihm eine Frage rausrutschte: „Oder stehst du auf Schmerzen?"

Mit diesen letzten Worten nahm Jack die Reitgerte wieder zur Hand und verpasste Melissa ein paar Schläge auf den nackten Rücken. Die Peitsche hinterließ auf ihrem Rücken bei jedem Schlag einen hübschen roten Striemen. Auch ihr süßer, knackiger Arsch war mittlerweile damit übersät.

Melissa stöhnte, winselte und jammerte, aber sie blieb stehen, wenn sie auch zappelte. Sie hielt die Schläge aus.

„Brave Stute!", lobte er sie, als er endlich die Gerte sinken ließ.

Er streichelte ihr über ihre herabhängenden Titten, ihren flachen Bauch und ihren knacki-gen, verstriemten Hintern. Als Nächstes ließ er seine Hand über ihre Muschi gleiten, die noch immer ganz verschmiert war, von den Fingerspielen zuvor.

Er verteilte den Muschisaft auf ihrer Muschi und ihren Schenkeln, an welchen auch schon einiges entlang geflossen war.

Ihr Jungfrauenblut beispielsweise. Sein Atem stockte, als er daran dachte und sein Schwanz schmerzte vor Steife.

Melissas kahle Fickspalte war noch weit geöffnet, so dass Jack geile Einblicke in das feuchtglänzende, rosige Innere erhielt.

Langsam ließ er seine Finger durch ihre Spalte gleiten und massierte ihren kleinen Kitzler.

Als er ihre kleine Perle massierte, stöhnte sie unterdrückt auf. „Bitte nicht noch meeeeeeehr. Oooh! Das ist Zuviel! Oooh, ist das geeeil!“

„Du scheinst langsam Gefallen daran zu finden, was?“, sagte Jack. „Oder bist du einfach naturgeil, meine kleine Fickstute?“ Er drang langsam mit einem Finger in ihre enge Muschihöhle ein.

Melissa stöhnte laut auf und bockte ihm entgegen.

„Oh Gott, ist deine Fickgrotte eng“, sagte er lüstern, „und da hab ich vorhin meinen Schwanz reingedrückt?“ Sein Lachen ging in ein geiles Keuchen über.

„Aber sicher doch. Das dehnt sich schon genügend", kicherte Melissa und stöhnte guttural, als er ihren G-Punkt erwischte.

„Na dann will ich dich mal nicht länger warten lassen", meinte er spöttisch und schob sie nach vorne aufs Bett. Sofort folgte er ihr. Sie kniete vor ihm auf allen Vieren. Selten hatte er etwas Einladenderes gesehen. „Ich kann es kaum erwarten", murmelte er und setzte seinen Schwanz an ihrer engen Fotze an, während er immer noch ihre kleine Perle massierte.

„Oooh! Jaaah!", stöhnte sie auf, als sie seinen harten Schwanz an ihrer zuckenden Spalte spürte. Stoß um Stoß drang er tiefer in sie ein.

„Jaaah!", winselte sie und warf den Kopf zurück. „Das ist noch besser als heute Nachmittag!"

„Das ist klar ... Oh, verdammt! Bist du eng!", stöhnte Jack laut auf und drang immer tiefer in sie ein.

„Auuu!", schrie sie auf. Er war wohl doch etwas forsch gewesen. Sofort hielt er inne, bis sich ihr Atem wieder beruhigte.

„Jetzt reite ich dich richtig", stieß Jack hervor. „Dafür sind doch geile Stuten wie du geschaffen worden, nicht?" Er zog sich fast ganz aus ihr zurück und schob dann wieder die ganze Länge hinein.

Melissa antwortete mit einem lustvollen Stöhnen. Da sie jetzt schon besser vorbereitet war, näherte sie sich dieses Mal schneller einem Orgasmus. Mit einem lauten Stöhnen zuckte ihr zierlicher Körper zusammen und sie schrie ihren Orgasmus heraus. Im Moment waren die Lustgefühle stärker als der Schmerz. Wiederholt warf sie ihren Kopf nach oben und stöhnte laut auf, während Jack sie weiter fickte.

Es dauerte dann auch nicht mehr lange und die enge Möse hatte Jacks Schwanz genügend massiert, um ihn zum Abspritzen zu bringen.

„Gleich pump ich dich voll!", brachte er stöhnend hervor, als er dann auch schon mit einem lauten *Aaah! Jaaah!* sein Sperma in ihre zuckende Fotze jagte. Immer wieder stieß er kraftvoll in die enge Spalte vor und schoss sein Sperma in sie hinein.

Als sie dann auch seinen Schwanz leergemolken hatte, zog er ihn aus ihr heraus. Das kleine Spältchen schloss sich nur langsam und es floss noch einiges von Jacks Sperma aus ihr heraus und an ihren Schenkeln entlang nach unten.

Müde sanken sie zur Seite und Jack schloss sie in die Arme. *Vielleicht habe ich meine süße*

Stute eben gedeckt, dachte er mit wohliger Mattigkeit.

Aber Melissa erholte sich erstaunlich schnell. Als Jack sich auf den Rücken rollte, war sie bereits über ihm und nahm seinen erschlafften Lustspender in den Mund. Ihre Lippen brachten rasch Leben in den Prügel zurück. Bald stand er wieder wie eine Eins.

Melissas Augen funkelten mutwillig. „Bereit, mich erneut zu nehmen, mein Hengst?"

Jack warf sie kommentarlos auf den Rücken und schob sich auf sie.

Seine Süße hieß ihn mit einem geilen Stöhnen willkommen.

6. Kapitel
Jung und frisch geschwängert

Nervös tigerte Melissa in der Wohnküche auf und ab. Seit dem Wochenende mit Jack war fast ein Monat vergangen und ihre Periode hatte noch nicht eingesetzt.

Fuck, bin ich etwa schwanger? Es überlief sie eiskalt.

Nicht dass sie per se gegen eine Schwangerschaft gewesen wäre, aber nicht mit 18 Jahren. Und direkt nach ihrem ersten Mal war dann doch etwas zu früh. Schließlich hatte sie ja noch nicht mal das College beendet.

Klar, sie mochte Jack, aber so gut kannte sie nun auch wieder nicht. Schon gar nicht so gut, dass sie sich von ihm ein Kind anhängen lassen wollte.

Nein, wirklich nicht! Außerdem war eine Teenagerschwangerschaft im konservativen Texas immer noch so ein gewisses gesellschaftliches *Problemchen,* um es mal vorsichtig auszudrücken.

Natürlich hat es das in Grassman Corner immer wieder gegeben, dachte sie mit bitterer Ironie, *und oftmals war das Verwandtschaftsverhältnis der Eltern ziemlich fragwürdig.* Melissa unterdrückte ein nervöses Kichern.

Wie hypnotisiert starrte sie auf den Schwangerschaftstest in ihrer Hand. Nie hätte sie gedacht, dass es soweit käme.

Jetzt bin ich doch eines dieser ungeduldigen, unvorsichtigen Mädchen, schalt sie sich. Noch konnte sie sich nicht dazu durchringen, ins Badezimmer zu gehen und auf das blöde Ding zu pissen.

Melissa biss sich auf die Lippen. Einmal musste sie diesen Walk of shame jedoch antreten. Was würde ihre Mutter sagen? Und Jack? Wie würde er reagieren?

Schon jetzt waren Abtreibungen in diesem Bundesstaat schwierig und sie sah sich bereits in irgendeiner schmuddeligen Untergrund-Klinik auf einem versifften gynäkologischen Stuhl hängen. Wieder rann ihr ein Schauder den Rücken hinab.

Verdammt, einmal muss ich schließlich durchziehen! Sie verließ die Wohnküche und lief die Treppe hinauf, immer drei Stufen auf einmal nehmend.

Als sie die Badezimmertür hinter sich schloss, zitterte sie.

Mit bebenden Fingern öffnete sie den Knopf ihrer engen Hotpants und schob sie runter. Auf Unterwäsche hatte sie heute verzichtet.

Zeit, sich der Wahrheit zu stellen. Melissa kauerte sich über die Kloschüssel und pinkelte vorsichtig auf den Streifen, bevor sie sich weiter normal erleichterte.

Die nächsten Augenblicke verstrichen. Melissa setzte sich auf den Rand der Badewanne. Sie wagte es kaum, den Blick auf den Test zu senken. Schließlich tat sie es doch.

Zwei Striche!

Es war, als habe sie eine schallende Ohrfeige erhalten. *Ich bin tatsächlich schwanger! Schwanger!*, hämmerte es in ihrem Kopf. Ein eiskalter Klumpen bildete sich in ihrer Magengegend und sie hielt sich am Wannenrand fest.

Alles schien sich um sie zu drehen.

Melissa zwang sich, ruhig zu atmen. Langsam entspannte sie sich wieder. Das Zittern ihrer Hände ließ nach.

So gern sie jetzt in den Arm genommen werden wollte, war sie froh, dass ihre Mutter nicht zu Hause war. Ihr musste sie noch früh genug unter die Augen treten. *Und das wird unangenehm, auch wenn sie selber sehr jung schwanger geworden ist.*

Melissa ging langsam die Treppe hinunter und verließ das Haus. Sie benutzte die Hintertür, überquerte den Rasen und ließ sich in einen

der Adirondack-Stühle aufs Jacks hinterer
Veranda sinken.

Jetzt hieß es warten. Sanft strich sie über
ihren noch flachen Bauch.

Jack kam erst am Abend zurück. Sie hörte ihn
drinnen rumoren, dann schwang die Hintertür
auf.

„Melissa?“ Er klang äußerst überrascht, aber
ein spitzbübisches Lächeln spielte um seine
Lippen.

„Hi.“ Sie stand auf und näherte sich ihm.
Dabei ließ sie bewusst die Hüften schwingen.

Sie schlang sie Arme um ihn und drückte ihm
einen Kuss auf die Lippen. „Ich muss dir was
sagen, Jack. Ich bin schwanger.“

***

Jack schob sie von sich und starrte sie
erschrocken an. „Wirklich? Und was...“

„Das kommt auch darauf an, wie du dazu
stehst“, erwiderte sie.

Jack las ebenso große Angst wie Freude in
ihren braunen Augen, die ihn flehend anblick-
ten.

Er fasste nach unten und streichelte ihr
andächtig über den flachen Bauch. „Süße, es ist

okay, wir stehen das zusammen durch. Du wirst ein wunderbares Kind haben.“

Sichtlich erleichtert fiel sie ihm erneut um den Hals.

„Wollen wir nach oben gehen?“, schlug er vor.

„Sehr gerne!“, strahlte sie und küsste ihn.

Er legte einen Arm um ihre Taille und führte sie nach oben.

Im Schlafzimmer zogen sie sich hastig aus. „Heute würde ich gerne deinen Arsch entjungfern“, erklärte er.

„Mach nur!“ Sie kniete bereits auf dem Bett und grinste ihn über die Schulter an. „Komm!“

Er kniete sich hinter ihr und wichste sich, aber nur kurz, denn er war schon ordentlich hart. Dann setzte er seinen Prügel an und versenkte ihn mit einem Stoß in ihrem Hintertürchen. Sie atmete schwer. Er beugte sich vor, griff nach ihren Titten und knetete sie hingebungsvoll durch.

„Ohjaaah!“ Melissa warf den Kopf zurück und hätte Jack beinahe an der Nase getroffen.

„Hoppla.“ Er ließ ihre Möpse los und stützte sich auf ihre Schultern. „Himmel, dein Arsch ist wirklich noch enger als deine Fotze, Süße!“, keuchte er, während er mit einem weiteren Stoß tiefer in ihr unwürdiges Loch eindrang.

Der Schließmuskel schrammte schmerzhaft über seinen Bolzen. Jack knirschte mit dem Zähnen.

„Uuuh!", winselte Melissa und bog den Rücken durch.

Ihre Arschmuskeln molken den Lustspender gnadenlos. Stöhnend genoss die Jungstute den Fick. Das war das Paradies! Melissa war zu seiner Befriedigung geschaffen worden, das verstand Jack nun. Die Brünette war unglaublich heiß! Bei jedem Stoß in ihren Arsch lief Geilsaft aus ihrer Möse und ihre Haare fegten hin und her, wenn sie in Ekstase den Kopf bewegte.

Aber das war Jack zu wenig. Er packte sie in der Taille und zog sie nun bei jedem Stoß hart nach hinten. Melissa war reif für eine derbere Gangart, das spürte Jack. Sie ging mit, auch wenn es sie schmerzen musste. Die Gerte hatte sie ja auch ganz gut überstanden.

„*Das* ist ein Arschfick, kleine Stute!", keuchte er und versetzte ihr immer wieder klatschende Hiebe auf den Knackarsch. „Ich wette, das hattest du dir etwas romantischer vorgestellt, was? Tja, nicht mit Jack!" Er lachte wild und penetrierte die 18-jährige weiter.

Seine Eier kochten und endlich kam er und füllte ihren Darm.

Er sackte auf Melissa zusammen. Seine Rechte schlang sich um ihre Taille und die Finger spielten mit der nassen Spalte und der harten Klit, bis die Brünette stöhnend und winselnd unter ihm kam.

ENDE

Max Spanking
Das Straflager
Ausgeliefert
und zur Sklavin abgerichtet
LETTEROTIK

Fetischlord
Gnadenlos und versaut

Max Spanking

LETTEROTIK

Max Spanking

Die Schülerin

Gerade 18
schon geschwängert

LETTEROTIK